© Gilles Pitoiset 2022

Édition : BoD – Books on Demand, info@bod.fr

Impression : BoD – Books on Demand,

In de Tarpen 42, Norderstedt (Allemagne)

Impression à la demande

Dépôt légal : Juin 2022

Collection du Cochon Vert, 2021

ISBN 978-2-3224-2349-1

Toute ressemblance avec des faits et des personnages existants ou ayant existé serait purement fortuite et ne pourrait être que le fruit d'une coïncidence.

TOME 1

LE LOUIS DORT

MES TICS VALENT MIEUX QUE LES SIENS

UNE HISTOIRE MERDIQUE

LE VOLTIGEUR

LES ENQUÊTES DU BRIGADIER CHAULAIX

Par Gilles Pitoiset

LE LOUIS DORT

I

Le jeune brigadier Chaulaix regrettait de ne pas avoir pris ses bottes, la terre rouge des vignobles de Pernand- Vergelesses s'infiltrait jusque dans ses chaussettes. D'habitude, en ce mois de juillet, la terre était plutôt desséchée, mais les pluies torrentielles de ces derniers jours avaient raviné les sols.

Un petit attroupement l'attendait au bout du rang de jeunes ceps dans lequel il s'était engagé, et il n'était pas sûr d'y arriver encore chaussé. Malgré la distance et la nuit qui commençait à napper les visages d'ombres, il reconnut le plus jeune des fils du Louis, le Chris, comme on l'appelait au village. Ils s'étaient sévèrement taugnés autrefois, pour une fille que ni lui, ni le Chris n'avait fini par avoir. Mais bon, le vin avait coulé dans les fûts, depuis.

- Salut le Chris.

- Brigadier !

Les trois autres personnes lui serrèrent la main également, alors que la pluie remettait ça.

- Ah ! Bon Dieu bonsoir de temps à la con ! maugréa le plus ancien.

- Ne jure pas devant un mort, Auguste, bon sang ! Ça porte malheur !

- Bon alors, où il est ?

- Suivez-moi, l'est là au bout d'l'autre rang.

L'Auguste ouvrit la marche alors que les autres laissèrent passer le brigadier Chaulaix dont les chaussures s'étaient transformées en énormes pantoufles.

- Dieu du ciel !

Le jeune brigadier n'avait jamais côtoyé la mort, et c'est ce soir-là qu'elle avait choisi pour s'inviter, le seul de la semaine où il était de permanence.

Le Louis était là, couché dans la boue, rincé jusqu'aux os, les bras en croix et la bouche grande ouverte remplie de terre, comme s'il avait voulu en faire son dernier repas.

- C'est moi qui l'ai trouvé, bredouilla le Chris, j'y ai fermé les yeux.

- C'était horrible, on aurait dit qu'il avait vu l'diable ! commenta l'Auguste.

- Seigneur Dieu ! laisse dont le peûh là où il est ! Y'a pas idée de prononcer son nom devant un mort !

Comme par magie, la pluie redoubla et le vent souffla si violemment que la casquette de l'Auguste s'envola, emportée par une masse de nuages noir qui envahirent l'horizon, enveloppant le vignoble dans la pénombre du soir.

II

    Jean remontait de la cave et les effluves du p'tit bourguignon que Lucie faisait mijoter depuis la veille, le tiraient par le nez jusqu'à la cuisine. Cela faisait maintenant huit ans qu'il avait repris, avec sa femme, les vignes de son père et qu'ils avaient tout transformé en culture bio. À Pernand, c'était une première et tout le village les prenait pour des originaux. Mais depuis que le comité de la fédération des viticulteurs lui avait retiré l'appellation des vins du pays, il n'avait plus le droit de faire figurer le nom de Pernand-Vergelesse sur ses étiquettes. La dernière commission lui reprochait de ne plus respecter le cahier des charges. Le préjudice était énorme et injuste. Jean avait battu ciel et terre, mais le comité l'avait dans le collimateur et son président était bien décidé à lui fermer sa grande gueule de baba cool écolo. Jean avait fait appel à la justice, mais cela allait demander des lustres et il n'avait pas le temps d'attendre, ses ventes allaient en pâtir et son exploitation n'allait pas y résister.

Lucie avait eu l'idée d'informer les médias et le canard de la région avait envoyé un journaliste. Celui-ci avait fait un article dithyrambique sur le bio, et le comité avait pris la mouche. Les radios locales s'en étaient mêlées et le combat de Jean et de Lucie avait fait la une des journaux télévisés. La fédération avait été assaillie par les médias et défendait sa position avec fermeté. Le village s'en trouva divisé.

III

Charles, le patron du " Dagobert " ne savait plus où donner de la tête. Il avait demandé à sa fille de lui donner un coup de main en salle. Entre les journalistes et les curieux qui venaient au village, ses affaires tournaient plein pot. La salle de restaurant était complète tous les midis, et le soir, les débats au bar n'en finissaient pas. Le vin coulait autant que l'encre qui commentait les événements. Parce que des événements, y'- en avait ! Le village était en ébullition. Et quand ça fermente à Pernand, d'habitude y a que du bon qui en sort, mais là, y semblait y'avoir overdose de souffre.

Certains esprits commençaient à s'échauffer et à faire un lien entre les deux affaires.

- Attends Germain, c'était pas n'importe qui le Louis ! L'était quand même le président de la fédération viticole.

- Ouais, où tu veux en venir le Guiton, j'te suis pas vraiment là ?

- Ben moi j'veux pas semer l'trouble, mais tout de même, c'était pas n'importe qui le Louis.

- Ouais, ben ça j'ai compris et alors ?

- Oh ben toi, quel beusenot ! T'as un chni dans la caboche, ou quoi !!

- Vingt z'ouilles, va jusqu'au bout nom de nom !! Tu m'arguignes !

- Ben j'dis juste que le p'tit Jean là, l'a pas l'air méchant, mais, il l'aimait pas le Louis. Y'avait même, comme on dit, un préjudice entre eux

- Wouaille Guiton !! Faut qu't'arrête de cannoner ! T'as la réflexion qui tourne au vinaigre, là !

- Ben quoi !! Il n'est quand même pas allé la manger tout seul la terre le Louis, hein ! Y a bien fallu que quéqun lui fourre dans la boquerotte !

- Ouais, ben avant de dire des conneries, tu ferais mieux d'attendre les résultats de l'autopsie, l'Guiton, parce qu'y paraît qu'y vont faire une autopsie !

Chacun y allait de son commentaire et ça commençait à déraper sérieusement. On était allé jusqu'à jeter des cailloux dans les fenêtres du Jean et de la Lucie. Le brigadier Chaulaix était venu constater, et n'avait pas trouvé mieux cette fois, que de mettre des bottes et de saloper toute leur cuisine. Sa visite avait, comme on dit, soufflé sur les braises et des lettres anonymes avaient commencé à arriver dans la boîte aux lettres.

IV

Julien Poussin était viticulteur dans le Jura, et la détresse qu'il avait ressentie dans la voix de Lucie au téléphone, l'avait convaincu de leur rendre visite. Il était contrarié par ce qui leur arrivait. Il se sentait même un peu responsable. Il se souvenait des longues soirées de conversations à refaire le monde, des coups de gueule, des crises de rires, des quantités de bouteilles vidées. En fait, Jean et Lucie n'attendaient qu'un petit coup de pouce pour passer l'exploitation en bio, et il avait été, lui, Julien, ce petit coup de pouce.

C'était décidé, il prit la route le soir même et arriverait avant 10 heures du soir.

V

Pendant ce temps, le Chris perdait la boule. Tous ces racontars lui montaient au cerveau et Jean devenait insidieusement, le centre de tous ses problèmes. Ce qu'il ne s'avouait pas, c'est que cette Lucie l'excitait terriblement et qu'elle hantait ses rêves érotiques les plus fous. Il la désirait. Lui qui n'avait su retenir sa femme, et ce Jean qui lui faisait barrage. Qu'il ait tué son père en lui faisant manger de la terre jusqu'à l'étouffer, était comme une signature. C'était lui qu'avait tué le Louis, c'était comme une évidence. Il lui ferait payer, c'était sûr.

La journée avait été difficile avec toute la famille qui défilait dans la chambre des parents, transformée en chambre mortuaire. Il avait besoin de changer d'air et toutes ces pleurniches lui avaient donné soif. Il se décida d'aller boire un coup au Dagobert.

En cet fin d'après-midi, le bar était bondé comme à son habitude.

- Ben tient, quand on parle du loup !

- Ouais, ben l'loup l'a soif.

- Allez l'Charles, magne et mets-nous donc une fiole de vignôlai, c'est moi qui rince.

Tout l'monde était déjà bien éméché, et le vin ne fit que gonfler le désir du Chris pour la p'tiote Lucie. Quand il sortit du bar, il faisait nuit noire. Il traversa le village sans réaliser que ses pas le conduisaient devant la maison de Lucie. La lumière de l'étage était allumée ainsi qu'une autre, dans le bâtiment au fond de la cour où fermentaient les cuves.

Il n'eut pas à réfléchir et se dirigea vers le bâtiment, poussé par une violence sournoise. Il aperçut à travers le carreau, Jean en train de trifouiller dans des tiroirs. Il était dos à la porte ce qui lui facilita la tâche. Muni d'un manche en bois, qu'il venait de ramasser contre un tonneau, il se glissa silencieusement derrière sa victime et lui a asséna un grand coup sur la tête. Jean s'écroula comme une masse emmenant le tiroir avec lui jusqu'au sol. Le silence revint et Chris tendit l'oreille. Aucun bruit ne parvenait de la maison. Il jeta le gourdin à terre et se précipita sur Jean qu'il traîna jusqu'à la première cuve à sa gauche. Il leva le corps qui semblait aussi lourd qu'un cheval et l'accrocha comme un pantin, la tête et les deux bras pendant à l'intérieur de la cuve. Le gaz carbonique qui émanait de la cuve allait le tuer en moins d'un quart d'heure.

Après avoir refermé la porte derrière lui, il revint sur ses pas, en évitant de faire crisser les cailloux qui recouvraient la cour. Levant la tête, il aperçut la silhouette de Lucie à travers la fenêtre éclairée de la chambre de l'étage, donnant sur le pignon droit de l'habitation. Il l'imagina en nuisette, et ne put se résoudre à partir. Il alla jusqu'au puits, grimpa sur la margelle et escalada le pignon jusqu'au rebord de la fenêtre.

A la force des bras, il se hissa de façon à voir à l'intérieur. Elle était là, debout devant une armoire ouverte, à moitié nue sous une chemisette transparente. Il ouvra la bouche d'admiration. Après avoir fermé les portes du placard, elle se dirigea droit vers la fenêtre.

Chris senti son cœur s'arrêter et se laissa pendre par les bras au rebord de la fenêtre. Celle-ci s'ouvrit, et il vit les deux mains de Lucie attraper les volets qu'elle ferma brusquement, en toute innocence.

Le bois centenaire lui écrasa les phalanges et il lâcha prise. Les battants de la fenêtre se refermèrent en même temps que sa tête frappait la margelle du puits et que le poids de son corps l'entraînait au fond du trou noir où il se noya et ne ressortit jamais.

VI

Les pneus de la voiture de Julien crissèrent sur les graviers de la cour de Jean et Lucie. La lumière du bâtiment en face de lui était encore allumée, ce qui le rassura. Ils n'étaient pas encore couchés. Il coupa le moteur et descendit du véhicule. Alors qu'il se dirigeait vers l'appentis, la lampe extérieure du perron s'alluma et Lucie sortit en peignoir.

- C'est toi mon Poussin !! T'es fou, qu'est-ce que tu viens faire bon sang ?

- Ton appel m'a intrigué, et j'ai eu l'envie soudaine de venir voir si vous alliez bien !

- Je n'aurai pas dû t'appeler, je t'ai inquiété c'est évident.

- Où est Jean ?

- Comme d'habitude, il est vers ses cuves, tu le connais non ! Allez, va le rejoindre, je te prépare une chambre.

Julien l'embrassa et suivit ses conseils. À peine eut-il ouvert la porte, qu'il mesura la situation. La position du corps de Jean ne lui laissa aucun doute sur la nécessité d'agir au plus vite. Il le dégagea en le soulevant sous les bras et le tira à l'extérieur, hurlant à Lucie d'appeler les secours.

VII

Le village était sens dessus-dessous. Jean avait été emmené d'urgence aux soins intensifs de Beaune et s'en était sorti in extremis. À quelques minutes près, il y passait, avait dit le médecin en chef.

- Z'êtes arrivé à temps monsieur Poussin, sans vous, y serai plus de c'monde à l'heure qu'il est ! D'ailleurs, qu'est-ce que vous veniez faire de si loin à une heure pareille ?

- Oh, brigadier, c'est tout simple, Lucie m'avait téléphoné et j'ai senti au ton de sa voix que quelque chose ne tournait pas rond, alors ni une, ni deux, j'ai pris la voiture.

- Bon ! l'intuition, ou p'être la chance, allez savoir ! Ce qui est sûr, c'est que le docteur affirme qu'il a pris un sacré coup sur la tête.

- Autrement dit, on l'a aidé à se mettre la tête dans la cuve ?

- Le plus étonnant, c'est que le Chris est introuvable depuis !!

- C'est pas celui dont on a retrouvé l'père raide mort dans ses vignes l'autre jour ?

- Oui, oui, vous voyez bien, c'est le ch'tiot des Lamarche. D'ici qu'il'ait fait une grosse connerie, y a pas loin ! Enfin bon, verra bien. Allez à plus tard m'ssieur Poussin. Euh, vous êtes encore là un moment ?

- Oh, oui oui, brigadier, je vais rester quelques jours.

- Bon ben, ça m'arrange, Allez à la revoyure !

Le brigadier Chaulaix monta dans sa voiture bleue marine et prit la direction du Dagobert. Tout le village était à l'église pour l'enterrement de Louis Lamarche et il trouva le bar désert. Charles était dans les préparatifs, attendant de voir débouler tous ceux, ou presque, qui assistaient à la cérémonie.

- J'peux vous prendre une minute m'ssieur Charles ?

- Pas plus brigadier, va y avoir foule dans pas une heure !

- Paraît que l'Chris n'est pas revenu pour l'enterrement ?

- Ben, c'est ce qu'est venue me dire ma femme. Là ça devient suspect brigadier. En tout cas les commérages vont vite au village en c'moment. Comment y va le petit Jean ?

- S'en est sorti d'justesse.

- Paraît qu'il a pris un coup sur la tête juste avant ?

- Oh, c'est pu un secret.

- Ben, c'que j'peux vous dire, c'est quand il est sorti du bar, le fameux soir, le Chris, ben il en tenait une sacrée, pis l'était drôlement remonté. J'ai bien peur qui ait fait le con, surtout que l'Auguste, qu'était sorti faire couler la Saône, comme y fait toujours, m'a raconté qu'il l'avait vu partir vers la maison du Jean ! Qu'est-ce z'en dites ?

- Bon, ben gardez ça pour vous, enfin, si c'est encore temps !

- Oh, c'est pu un secret, pensez voir ! Tout le monde est d'accord que c'est l'Chris qu'a fait le coup, d'ailleurs, qui se soit carapaté, c'est comme s'il avait avoué, non ?

- Et pourquoi il aurait fait une chose pareille ?

- Ben, l'a laissé entendre, l'autre soir, que si son père était mort avec de la terre plein la bouche, c'est que quelqu'un l'y avait mise et qu'y avait pas à chercher bien loin. Tout le monde à cru à une gausserie. Mais après, le vin aidant, il gueulait, - Ouais, finalement j'suis d'accord ! y a pas besoin d'traitement pour tuer la vormine ! Sur le coup, personne a compris c'qui voulait dire, mais maintenant !!

- Hum, évidement, j'comprends. Bon ! Allez j'vais vous laisser m'ssieur Charles, r'voir et merci.

Inutile de dire que le soir même, la Saône avait monté de niveau, et qu'il y avait de la viande saoule dans les torchons !

VIII

Jean était content de retrouver la maison, bien qu'il fût encore pâlichon. Lucie et Julien lui avaient préparé un petit festin, histoire qu'il reprenne des couleurs.

- Alors, qu'est-ce qu'on raconte au village ?

- Tout le monde est content que tu sois revenu, tu sais !

- Tout le monde, t'es bien sûre Lucie ?

- Oh oui, tout le monde, insista-t-elle. Personne ne croit plus à cette histoire grotesque.

- Bon, si tu le dis, pis le Chris, y a des nouvelles ?

- Disparu, volatilisé ! Et si tu veux mon avis, c'est pas moi qui vais m'en plaindre. Je n'ai jamais aimé la façon dont y'me regardait.

- Il a quand même bien failli avoir ma peau, ce détraqué !

- Ah parce que tu penses que c'est lui qui t'a fait ça ? s'étonna Lucie.

- Attends, tu en doutes ? Mais c'est tellement évident. J'aimerai bien savoir où il se cache ce salopard !

- En parlant de détraqué, coupa Julien, je suis allé faire un tour du côté de tes vignes, pendant ton absence.

- Alors, pas trop de dégâts avec toutes ces lavasses ? demanda Jean en levant son verre de Pernand-Vergelesses premier cru. Allez, à mon sauveur !

- C'est vrai qu't'as une étoile mon salaud !

- Alors j'en ai deux, répondit-il en embrassant Lucie qui était assise à table à côté de lui.

Ils trinquèrent de concert et dégustèrent en connaisseurs.

- Alors, ça te la coupe hein ! Tu n'as pas ça par chez toi !

- Ah, je dois dire que là, c'est quelque chose, mais, tu sais, on a aussi nos petits joyaux !

- Bah, tu m'étonnes ! Alors ces vignes ?

- Ouais, ben tu vois, le fait de ne pas balancer de produits à la con, des désherbants par-ci, des fongicides par-là, ben ton sol toi, l'a su absorber toute cette flotte, ce qui n'est pas le cas de tout le monde. Leurs sols sont tellement lissés et imperméabilisés par leurs poisons, que des torrents d'eau se sont formés et ont finis par tout raviner. J'te jure, y a des endroits, on voit les racines à nu, en plus, on voit bien qu'elles n'ont même plus d'accroches en profondeur ! Bref, tes vignes se portent plutôt bien à côté de ces misères, mais quelque chose m'a intrigué.

- Quoi donc ?

- Ben, y' avait pas mal de traces d'écoulements verdâtres sur le sol, pas vraiment habituelles quoi, si tu vois ce que je veux dire.

- Ben non, pas trop !

- Ben, moi non plus, alors j'ai fait des prélèvements et… tiens-toi bien !!

- Quoi ? Bon Dieu !

- Eh ben, figure-toi que j'ai trouvé une teneur de pesticide T4 pas possible ! Maxi dose, et ça, malgré les rabasses que vous avez essuyées ces derniers temps ! Remarque, une chance ! Parce qu'avec cette flotte, ça a tout lessivé les feuilles et cette saloperie n'a pas eu le temps de pénétrer dans la sève. Qu'est-ce que t'en dis ?

- C'est pas possible, s'étrangla Lucie en posant son verre.

- Qui a pu faire un truc pareil ? s'interrogea Jean qui était sous le choc. Le Chris ?

- Ou le vieux !!

- Le Louis ?

- Ben d'après ce que j'ai pu en juger, ça date de plus d'une semaine.

- Tu veux dire avant qu'on ne le retrouve mort ?

- Si on me le demandai, je dirai ça, oui.

Quelqu'un frappa au carreau de la cuisine et Lucie se leva d'un bon.

- C'est rien, calme-toi Lucie, je vais voir ce que c'est.

- Excuse-moi Julien, dit-elle, mais depuis qu'on nous a brisé des carreaux avec des pierres, je suis un peu nerveuse.

- T'excuses pas, j'comprends.

Jean revint dans la pièce accompagné du brigadier Chaulaix qui cette fois était correctement chaussé.

- Excusez-moi d'vous déranger à cette heure m'dame Lucie, mais j'ai pensé que vous aimeriez entendre ce que j'ai à vous dire. Ah bonsoir M'ssieur Poussin.

- Asseyez-vous, vous prendrez bien un p'tit verre ?

- Ah, c'est gentil, mais pas pendant l'service, savez c'que c'est !

- Alors, qu'est-ce que vous avez de si urgent à nous dire ?

- Oh, ça aurait pu attendre demain, mais avec tout ce que vous avez vécu ces temps derniers, je m'suis dit que ça vous ferait du bien de savoir.

- Ben allez dites !!

- Ben, on a eu les résultats de l'autopsie du Louis.

- Et alors ?

- Ben alors, y se trouve qu'il est mort empoisonné. Ils ont trouvé des traces de pesticide en forte quantité, du T4 qui disent.

- Du T4 ! s'exclama Julien.

- Ils disent qu'il avait dû l'utiliser presque pur pour en ingurgiter autant ! En tout cas, le rapport dit que ce devait être, au moins, douze heures avant sa mort, et que les effets ont dû être terribles. C'est d'ailleurs ce qui explique qu'il se soit mis de la terre mouillée dans la gorge, certainement pour atténuer les brûlures que ça devait lui provoquer dans l'œsophage.

- Merde alors !! L'enfoiré ! s'écria Jean.

- Tout de même, il ne méritait pas de mourir comme ça, corrigea Lucie qui voyait la surprise sur le visage du brigadier.

- Je vais vous expliquer quelque chose brigadier, vous allez tout comprendre commença Julien.

Il lui fit le récit de leur discussion précédant son arrivé. Celui-ci l'écouta sans l'interrompre.

- Ben dites donc ! Conclut le brigadier. Et le Chris dans tout ça ? Z'avez pas une p'tite idée ?

- Oh celui-là, je peux vous dire que je suis certain que c'est lui qui a essayé de me tuer. On n'a jamais pu s'entendre, alors avec la mort de son père ça ne fait aucun doute qu'il m'en rend responsable. C'est un abruti notoire.

- Et vous m'ssieur Poussin, quand vous êtes arrivé, ce fameux soir, vous l'avez vu le Chris ?

- Ben non, sinon je l'aurais empoigné c'est sûr !

- Et vous m'dame Lucie, vous ne l'avez pas vu non plus ?

- Non, ça je m'en souviendrais, pour sûr !

- Hum ! grommela le brigadier, pis ce fameux soir avant que m'ssieur Poussin arrive, vous faisiez quoi m'dame Lucie ?

Jean prit la mouche et se leva de sa chaise d'un bond.

- Attendez brigadier, ça veut dire quoi ces questions bon sang ?

- Calmez-vous m'ssieur Jean, asseyez-vous je vous en prie, ce n'est pas ce que vous pensez ! Alors m'dame Lucie, essayez de vous souvenir !

- Eh bien, j'étais à l'étage dans notre chambre, j'ai fermé les volets et je me suis mise au lit avec un livre, voilà tout, ensuite j'ai entendu une voiture arriver dans la cour alors je suis descendue voir !

- Et bien, comme dit m'ssieur Poussin, je vais vous expliquer quelque chose et vous allez tout comprendre. Pendant que vous étiez tous à l'hôpital, figurez-vous que l'on a récupérés le corps du Chris au fond de votre puits.

- Quoi ???!!, s'écrièrent-ils tous en concert !!

- Ben oui, et visiblement il se serait fait ça tout seul : fracture du crâne. On a retrouvé du sang sur la margelle, et le plus étonnant voyez-vous, c'est qu'il a tous les doigts brisés, et ça m'dame Lucie, c'est certainement quand vous avez fermé les volets ! Ben oui, on a trouvé des traces sur le rebord de la fenêtre.

Nos trois compères restèrent la bouche grande ouverte.

- Savez pas, ben je le boirais bien maintenant ce petit verre.

- Z'avez raison brigadier, tant qu'à boire, autant boire bon!

FIN

LES ENQUÊTES DU BRIGADIER CHAULAIX

Par Gilles Pitoiset

MES TICS VALENT MIEUX QUE LES SIENS

I

La quarantaine, c'est quatre dizaines, bon et après ! Mais, l'avait pas envie de la passer seul la prochaine, non, l'arrivait pas à trouver l'âme sœur le Benjamin Chaulaix. À part la gendarmerie, il n'y avait rien dans sa vie. Sa mère était morte l'année dernière, quant à son père, y s'en rappelait plus ! Son frère était parti à l'étranger y' a belle lurette, alors sa mère, c'est lui qui s'en était occupé. Pis, ça l'avait drôlement occupé l'Benjamin, à un tel point qu'il n'avait pas vu le temps passer. Alors maintenant, fallait repasser, enfin ses chemises quoi ! Y' avait plus personnes pour les lui préparer ses liquettes au pauvre garçon. Pensez bien qu'une petite femme dans la maison, ce serait sacrément bien venue ! C'est comme ça qu'il voyait l'amour le brigadier ! Pas plus compliqué ! Mais cela faisait un moment déjà qu'il cherchait sa dulcinée, et ce n'était pas si facile.

Au Dagobert , le café du village, le Charles lui avait bien parlé des sites de rencontre, et ce n'était pas fait pour les chiens qu'y disait. L'avait pas voulu paraître trop cloche l'Benjamin alors il avait acquiescé. Rentré chez lui, y s'était connecté et vogue la galère. Dix mille couples se forment par mois annonçait le site, pourquoi pas vous ? Ben oui, pourquoi pas lui ? Facile, suivez les trois étapes et rencontrez la personne de votre choix ! Pour mieux vous coacher, établissez votre profil et dites-nous ce que vous attendez de votre partenaire. Dites-nous ce que vous aimez, vos loisirs, votre sport préféré…Bref, il y avait du boulot et il s'y attela.

Son coach virtuel le briefa afin de le rendre plus attrayant et lui conseilla de laisser tomber, pour l'instant, tout ce qui concernait sa profession. Ah bon, pourquoi ? avait-il demandé. Ce n'est pas le bon moment lui avait-on répondu. En d'autres termes, son coach avait dû y laisser quelques pont de diodes ! Après moultes pérégrinations, son profil fut établi et lancé dans le grand mixer de l'amour. Il n'y avait plus qu'à attendre. Cela dit, il pouvait, s'il le souhaitait, participer (moyennant finances) à des soirées Meetic animées et décontractées pour rencontrer des célibataires. Soirées art et culture, ou insolites, karaoké voire même soirées apéros gratuites où l'on pouvait se faire accompagner par un ami ou une amie si l'on se sentait trop intimidé ! Visiblement, pour sa région, ces sorties se déroulaient principalement à Lyon. Un peu loin, estima notre brigadier de l'amour.

Finalement, impatient, il entreprit la même démarche, mais cette fois, pour une bête à quatre pattes, qui saurait combler ce vide affectif. C'est ainsi qu'il se retrouva avec Django, un adorable petit bouvier bernois paré de trois couleurs, blanc, noir et feu qui allait changer sa vie. Il ne lui restait plus qu'à espérer que Meetic saurait le combler également.

La petite boule de poils n'avait que cinq mois, pesait vingt kilos et en promettait cinquante. Son origine suisse laissait à penser que tous deux allaient bien s'entendre et vivre au même rythme.

II

Marilyne Champy était une jolie jeune femme malgré les mauvais traitements que lui infligeait, depuis déjà trop longtemps, Raoul, son mari. Viticulteur de son état, Raoul n'avait jamais été ni tendre ni amoureux, et, contrairement au vin qu'il gardait en cave, les années ne le rendirent pas meilleur. Ce mariage avait été, pour les deux familles concernées, une aubaine permettant de réunir des terres viticoles de côtes de Beaune, propulsant les vignobles des Champy dans la cour des grands domaines. Marilyne ne détestait pas son mari mais avait malgré tout, assez vite déchanté. En effet, Raoul s'était entièrement investi dans son travail au détriment de sa jolie épouse qui finalement trouvait en la présence de jeunes vendangeurs tout le plaisir qu'elle n'avait su tirer de son mariage. Son mari, ne fut pas dupe très longtemps et la prit en grippe. Des prises de bec avaient vu le jour, suivies de paires de claques annonciatrices de lendemains difficiles. Raoul s'était peu à peu enfoncé dans un esprit revanchard et autoritaire. Son épouse, à qui il reprochait sa légèreté devint le réceptacle de sa frustration et de sa colère. Tous les maux de la terre tiraient leurs origines dans les frasques de sa femme infidèle. Son adhérence au Front national lui procura matière à détester. Dorénavant, ces jeunes à dreadlocks n'avaient qu'à aller se faire voir chez les écolos et vendanger du bio car lui, Raoul allait motoriser sa façon de récolter. Fini tous ces fils de putes et ces étrangers de mes deux dans ses vignes. Si Marilyne voulait s'envoyer en l'air, elle n'avait qu'à passer sous la machine.

Rapidement, la haine remplaça le soi-disant amour et les coups étaient plus durs et plus fréquents. Marilyne avait peur et n'osait pas parler de son calvaire. Le maquillage camouflait ses bleus et des lunettes noires ses yeux bouffis. Elle ne sortait plus et ruminait de mauvaises pensées. Elle n'en pouvait plus de cet homme-là, c'était elle ou lui. Alors un jour, spontanément, sans même y réfléchir, Raoul mourut électrocuté par le sèche-cheveux qu'elle laissa tomber nonchalamment dans l'eau du bain où il trempait. Il n'avait rien vu venir, il ne la pensait pas capable d'une chose pareille, elle non plus d'ailleurs ! Mais ce qui était fait était fait, point. Il lui fallait maintenant réfléchir à la manière de se débarrasser du corps. D'abord vider la baignoire. Ensuite…eh bien, réfléchir davantage. Elle s'étonnait du sang froid dont elle faisait preuve. Aucun tremblement, pas de panique, non ! Rien de tout cela, plutôt sereine et déterminée maintenant.

Raoul venait de creuser un trou aussi large que profond devant la terrasse de la maison dans le but d'y insérer une baignoire remplie de bambous. Il avait entendu dire que les Anglais procédaient ainsi pour que les rhizomes n'envahissent pas la terrasse. Il était alors, loin d'imaginer que cela serait sa dernière demeure. Il avait acheté et fait livrer une veille baignoire en fonte trouvée chez Emmaüs ainsi que des sacs de terreaux et des jeunes pousses de bambous du Jardiland le plus proche. Elle n'aurait pas pu mieux s'organiser, tout roulait à merveille. Cela dit, il ne fallait rien laisser au hasard et tout prévoir car sa disparition allait semer des doutes et remuer des suspicions. Elle roula le corps dans un drap imbibé de répulsif pour chiens au cas où. La police fouillerait certainement partout et ils auraient forcément des chiens comme on voit à la télé quand ils recherchent des survivants dans les tremblements de terre. Une fois emballé, elle tira de toutes ses forces le paquet jusqu'à la terrasse puis elle jeta le corps dans ce trou si parfaitement creusé. Elle installa la baignoire déjà sur place, et comme si tout avait été prévu à l'avance, celle-ci affleurait à merveille la surface du sol. Bambous et terreau furent mis en place, le tour était joué. Elle allait enfin pouvoir prendre un bain et racheter un sèche-cheveux.

III

Le côté peluche animée de Django lui avait valu toute l'affection de la brigade. Les collègues de Benjamin Chaulaix avaient même cotisé pour l'achat d'un panier afin que Django trouve ses marques derrière un des bureaux que toute la gendarmerie se partageait. Quant au véhicule de service, une couverture à motifs écossais avait été installée dans le coffre arrière qui communiquait avec l'habitacle. Tout allait pour le mieux, en espérant que la hiérarchie ne vienne pas y semer le trouble.

Depuis maintenant deux semaines que notre brigadier était inscrit sur Meetic, il avait reçu deux profils correspondant à sa recherche de l'âme-sœur.

La deuxième personne lui plaisait bien physiquement. Enfin, de ce qu'il avait pu juger d'après la photo

accompagnant le profil et il s'était mis en relation avec elle via le courriel proposé. Myriam Chandler, quarante-deux ans, divorcée et sans enfants. Aime-les balades en forêt, le théâtre et le bon vin. Question théâtre, ce n'était pas gagné mais il demandait qu'à découvrir. Cependant, côté vin, il ne détestait pas les bonnes bouteilles. Ils avaient donc tout naturellement opté pour se retrouver au bar à vins, L'entracte place des Marronniers, au cœur d'un petit village situé au beau milieu des vignes.

Le bar restaurant acceptait les chiens, à conditions qu'ils soient discrets, ce qui arrangeait bien Benjamin, car il voyait là un atout pour séduire la jeune femme et passer outre sa timidité. Dès les premières minutes, cette petite boule de poils irrésistible devint le centre de leurs conversations. Myriam était sous le charme et Django avait pris place sur ses genoux. La voix de Kate Bush planait dans l'air parfumé des sarments de vigne qui brûlaient dans l'âtre. La déco était un peu lourdingue mais chaleureuse. Grandes chaises à haut dossiers, capitonnées de tapisseries, nappes surchargées de motifs, lampadaires engoncés d'abat-jour énormes à franges cramoisies. Mais en cette soirée de début de printemps, cette grande cheminée d'où ondoyaient chaleur et lueurs accentuant les ombres et plongeant les recoins dans la pénombre n'était pas désagréable. Tout y était romantique et leur table isolée du reste de la salle se prêtait aux confidences. Notre brigadier était aux anges. Cette Myriam était épatante et lui plaisait beaucoup, il se sentait à l'aise en sa compagnie. L'effet Django fonctionnait à merveille. Ils commandèrent deux flûtes de champagne pour trinquer à cette rencontre. Ils parlèrent de choses et d'autres en oubliant de parler d'eux-mêmes. Les plats étaient à la hauteur de l'événement et ils ne virent pas le temps passer. Après qu'il fut allé régler la note en toute discrétion, ils finirent leur café et décidèrent d'aller marcher pour le plus grand bonheur de la peluche à quatre pattes. Ils traversèrent le village et c'est elle qui tenait la laisse. Ils longèrent les vignes et bavardèrent sur le climat, les saisons le printemps.

- Vous savez, dit-elle, le printemps a toujours été annoncé le 21 mars, mais ce n'est pas toujours le cas.

- Ah bon ? répliqua Benjamin, comment cela ?

- Eh bien reprit-elle, la date de début du printemps correspond en fait à l'équinoxe, moment de l'année où le soleil est à la parfaite verticale au-dessus de l'Equateur. C'est pour cette raison que ce jour-là à une égale durée à la nuit qu'il précède. Douze heures exactement. Il y a un deuxième équinoxe d'ailleurs qui correspond cette fois au début de l'automne.

- Ben dites donc, je suis vraiment impressionné, vous en savez des choses !

- Et ce n'est pas tout Benjamin, vous n'êtes pas sans savoir que nous sommes dans une année bissextile à savoir que la gravitation de la Terre autour du soleil varie de trois-cent-soixante-cinq jours à trois-cent- soixante-six jours, c'est pour cela que nous rajoutons un jour au mois de février.

Le brigadier siffla entre ses dents.

- Vous êtes savante avec ça !!

- Disons que cela m'intéresse beaucoup. Tout ça pour vous dire que ces variations ainsi que d'autres, modifient la date exacte des équinoxes et que dorénavant et jusqu'en l'année 2102, le début officiel du printemps sera le 20 et non plus le 21 mars.

Chaulaix applaudit ce qui fit aboyer Django. Myriam riait aux éclats.

Pour une première rencontre ils eurent du mal à se séparer ce qui semblait de bon augure. Ils se promirent de se revoir au plus vite.

IV

L'absence de Raoul Champy ne pouvait pas ne pas être remarquée, alors Marilyne alla au poste de gendarmerie le plus proche afin de déclarer la disparition de son mari. Un gendarme prit sa déposition en lui posant plusieurs questions. Pourquoi considérez-vous cette disparition inquiétante ? Depuis quand estimez-vous que votre mari a disparu ? Chez qui pensez-vous qu'il aurait pu aller ? Est-il parti à pied ou en voiture ? Bref, une enquête fut lancée et Raoul fut fiché dans le fichier des personnes disparues. On organisa des recherches aux abords et à l'intérieur de leur domicile. Des chiens de piste utilisèrent leur flair. Après avoir localisé son téléphone portable, on retrouva son véhicule dans un chemin boisé près d'une parcelle de vigne leur appartenant. Le téléphone se trouvait sur le siège passager, la batterie pratiquement déchargée.

Marilyne dut prendre des décisions importantes concernant le domaine et diriger le personnel. Elle s'appuya sur Georges un des ouvriers les plus anciens, et le travail put reprendre. Elle fut auditionnée plusieurs fois et dut répondre à des questions difficiles, voire d'ordre intime, mais rien ne l'a fit trébucher. Elle resta dans son rôle d'épouse inquiète et débordée. Une battue fut organisée et un hélicoptère mobilisé. Rien n'y fit, Raoul restait introuvable.

V

Benjamin et Myriam passaient des heures à tchater via l'application fournie par Meetic. Il ne savait jamais trop quoi lui dire, mais elle avait de la conversation pour deux. Ils se donnèrent rendez-vous à plusieurs reprises. La première fois c'était dans un bar à vin du centre-ville de Beaune où ils burent quelques bons verres qu'elle avait choisis elle-même. Elle semblait avoir une parfaite connaissance œnologique.

La soirée continua avec divers plateaux de fromages et de fines tranches de jambon de Parme. Puis, regardant sa montre, elle le tira par le bras jusqu'au cinéma le plus proche où ils s'installèrent confortablement. La seconde fois, c'est elle, qui, à nouveau, prit l'initiative et qui le conduisit jusqu'à Dijon où elle avait réservée deux places pour un opéra de Verdi. Benjamin, n'ayant jamais mis les pieds dans ce genre d'endroit, découvrit un Macbeth qui le fascina, tout autant que cette femme qui, décidément, ne manquait jamais d'imagination et de spontanéité. Elle le bousculait, c'était inattendu et pas désagréable même si parfois cela lui fichait la trouille. Oui, il était bien avec elle, oui il aimait partager son temps avec elle, pourtant, il n'avait toujours pas essayé de l'embrasser. À chaque sortie, elle le raccompagnait en voiture et ils se quittaient en s'embrassant comme de bons amis. Il avait bien du désir pour elle, mais elle était tellement loin de l'idée qu'il s'était fait d'une femme au foyer. Il était déconcerté et il avait besoin d'en parler à quelqu'un, il lui fallait y voir clair et prendre conseil. En réfléchissant, il considéra son environnement et y trouva plus de collègues que de véritable amis. Le père Chouard lui vint à l'esprit comme une évidence.

Ce curé, d'une autre époque, avait été son voisin pendant une bonne décennie et une amitié s'était installée au fil du temps. Benjamin aimait aller boire un café dans la véranda de l'ecclésiastique malgré l'odeur de Gauloise qui flottait dans l'air. Une vieille bigote avait fait don de sa maison, par testament, à la paroisse sous condition que le père Chouard en ait l'usufruit jusqu'à son départ vers son créateur. Arrivé à un certain âge, notre bon curé s'était vu envoyé dans une maison de retraite de l'évêché qui avait décrété que le nouveau prêtre devait aussi prendre possession de l'habitation qui allait de pair avec le poste, tout ceci sans aucune concertation avec le premier intéressé. Alerté par un frère, le père Chouard fit le mur de la résidence et s'engouffra dans la voiture qui l'attendait en bas de la rue pour rejoindre ses pénates. Le nouvel arrivant avait trouvé porte close et l'affaire en était restée là. On avait bien essayé de le raisonner afin de mieux le détrousser mais il n'était pas dupe et restait dans son droit. Toutes ces années au service du Seigneur pour se voir poussé à la rue par ces hypocrites, il fallait vraiment avoir foi en Jésus-Christ pour ne pas tomber en sucette, comme il disait. Depuis, beaucoup de ses anciens paroissiens venaient lui rendre visite et confesser leur désarroi face à ce nouveau curé qui chamboulait tout l'ordre établi !

Bref, notre brigadier se retrouva en cette matinée printanière, au milieu des effluves de Gauloise et de café mélangées. Django fut présenté et installé dans le petit jardin mal entretenu où il commença à creuser le sol par-ci par-là, tout en essayant d'attraper les premiers papillons. Le père Chouard était heureux de ce qu'il entendait et encouragea Benjamin à faire ce que le Seigneur avait prévu qu'il soit fait entre un homme et une femme lorsque ceux-ci se sentaient attirés l'un vers l'autre. Le mariage était sottise à ce stade, et cela ne devait pas les empêcher de coucher ensemble, point à la ligne. Rassuré par ces paroles de raison, Benjamin prit congés de son confesseur et appela Myriam au téléphone.

VI

L'affaire sur la disparition de Raoul Champy fut classée aux oubliettes. Pourtant à l'époque, le brigadier Giraud n'avait rien laissé au hasard, il y avait bien ce bosquet de bambou fraîchement installé qui le turlupinait mais tout le monde affirmait que le patron l'avait fait lui-même, et toutes les factures concernant cet ouvrage l'attestaient, alors il ne pouvait se trouver là-dessous ! Et d'ailleurs, qui l'y aurait mis ? La pauvre Marilyne ? Non, impensable ! Il y en avait bien qui disaient qu'elle avait la jambe légère et que l'Raoul, y voyait pas ça d'un bon œil, mais cela sentait la jalousie de voisinage à plein nez. Non ! Cette jolie jeune femme avait déjà bien de la peine à faire tourner le domaine afin d'éviter la banqueroute. Elle avait beaucoup de mérite et les gars étaient derrière elle bien décidés à sauver l'entreprise. Mais où diable avait bien pu passer Raoul Champy ? Certains laissaient entendre qu'il vendait du vin à des gars des pays de l'Est et que p'être ben que cela aurait pu mal tourner, allez savoir avec ces gens-là ! Bref l'impasse. Le brigadier Giraud avait dû classer l'affaire.

VII

Benjamin Chaulaix avait enfilé jogging et baskets neuves afin de retrouver Myriam au lieu appelé Les Cent Marches histoire de faire courir Django dans les bois. Cette fin d'après-midi ensoleillée était idéale pour une petite balade. Benjamin avait bien en tête, cette fois, de suivre les conseils du père Chouard et de conclure. Il sentait bien qu'il devait faire le premier pas et que Myriam attendait cela. Il ne pouvait plus attendre, il devait se lancer.

Django partait loin devant et revenait en arrière toutes les cinq minutes comme tous les chiens de berger. Après un bon kilomètre au pas de course, ils ralentirent la cadence et marchèrent tranquillement. Myriam semblait très à l'aise dans son jogging couleur fuchsia, voire même très sexy. Benjamin était très excité à l'idée d'effeuiller cette jolie fleur mais le manque d'expérience, malgré son âge, ne l'aidait pas à vivre pleinement la situation. Finalement, il aurait préféré qu'elle fasse le premier pas. Le petit vélo dans sa tête n'en attendait pas moins pour se remettre à tourner, et vas-y ! Un petit tour, et puis un autre, peut-être que je ne lui plais pas, c'est vrai ! Qu'est-ce qu'elle me trouve en fait ? J'suis vraiment pas un bon coup !! Oui mais, elle était quand même bien sur ce site de rencontre !

P't'être qu'elle est comme moi ? Qu'elle a du mal à se lancer, bref, ça n'allait pas fort dans sa petite tête, mais ça remuait pas mal dans son pantalon.

Après avoir parcouru plusieurs kilomètres, ils se retrouvèrent à leur point de départ, et non, ce n'était pas le bon moment pour l'enlacer. Elle devait, tout comme lui d'ailleurs, avoir chaud et se sentir toute moite. Une bonne douche serait idéale pour leur affaire ! Ils décidèrent malgré cet inconfort de s'arrêter un peu plus bas, à deux cents mètres du parking, à la terrasse du Clos Napoléon. L'endroit était magique, tables et chaises au milieu des pieds de vigne, vin et soleil à volonté. Un ancien grenadier, capitaine de la vieille garde de l'empereur, fit bâtir vers 1840, dans le parc où ils venaient de se promener, le parc Noisot (nom de ce soldat fidèle et admirateur de l'empereur déchu), un édifice en tout point semblable au palais d'I Mulini à Elbe, où Napoléon résida pendant son exil. Cet édifice est le plus grand musée dédié à l'empereur Napoléon. François Rude, le sculpteur, répondant à une commande de Noisot, y érigea un bronze représentant le réveil de l'empereur. Quoi de plus naturel que ce bar à vin prenne cette appellation ! Cet endroit était réputé pour ses plats typiquement bourguignons et nos deux tourtereaux, après deux verres de Fixin, s'y laissèrent envouter, oubliant leurs tenues vestimentaires.

Ce n'est qu'à la tombée de la nuit qu'elle lui proposa de laisser son véhicule sur place et de monter dans le sien où elle l'invita, pour la première fois, à aller chez elle. Ils pénétrèrent dans une cour gravillonnée et suivirent une allée jusqu'à une grande bâtisse qui ressemblait à un domaine viticole. Benjamin Chaulaix était impressionné mais n'osa pas être indiscret et se laissa guider par la bonne humeur de sa compagne. L'intérieure était vaste et meublé avec goût.

- Je pense qu'une bonne douche nous ferait du bien non ? dit-elle en lui tendant une serviette.

- J'en rêve, répondit-il du tac au tac.

Elle lui prit la main et l'attira dans une pièce où, chambre et salle de bain s'y confondaient. Aucune cloison ne séparait les différents espaces, mais ceux-ci étaient délimité soit par un sol en ardoise épaisse intégrant une douche à l'italienne munie de parois en verre, soit par un parquet en bambou où seul, un grand lit recouvert de coussins aux couleurs chaudes, était installé. Une baie vitrée à demi ouverte, terminait l'ensemble offrant une vue sur une terrasse légèrement éclairée au sol, donnant sur ce qui semblait être, une véritable forêt de bambous. Un bruit de fontaine d'eau parvenait dans la pièce aussi furtivement et discrètement que celui de la douche où Myriam l'invitait déjà à la rejoindre. Benjamin en gardait encore la bouche ouverte, quand Django le bouscula en passant comme s'il le poussait à se décider pour ensuite disparaître par la baie vitrée. Benjamin se dévêtit à son tour sans se poser de question, aussi naturellement que l'exigeait la situation et entra sous la douche, le sexe tendu, comme l'exigeait aussi la situation

VIII

N'étant guère expert en la matière, Benjamin laissa Myriam prendre les choses en main, ce qui facilita largement la direction à prendre. Celle-ci, fort peu maladroite, l'aida à trouver les gestes et les caresses adéquates, ainsi que le rythme croissant d'une relation enfiévrée. Pendant ce temps, Django visitait les lieux et raccompagnait fermement un chat qui semblait avoir pris ses habitudes. Non, il n'était pas prêt encore, à partager quoique ce soit avec ce genre de bestioles. Le domaine était entouré de vignes à perte de vue et Django aurait pu y carapater toute la nuit mais quelque chose le turlupinait et le ramenait sans cesse vers ce bosquet de bambous où une taupe y avait creusé sa galerie. Malgré les effluves d'une odeur désagréable à sa truffe raffinée, Django fut attiré par une envie irrésistible d'élargir ce trou creusé à la hâte par cette bête aveugle et stupide. Il ne put s'empêcher d'y plonger une patte puis deux et tel un métronome, épousa le rythme des râles que poussaient son maître et sa nouvelle maîtresse à travers la baie toujours ouverte. Ses griffes entrèrent dans la terre humide avec une ferveur grandissante et labourant ce trou béant, s'enfonça de plus en plus profondément, lui procurant ainsi un plaisir décuplé.

Myriam et Benjamin se retrouvèrent sur le dos, les yeux au plafond, la respiration haletante encore baignée d'une ivresse envoutante. À travers leurs souffles encore saccadés, se mêla celui d'un chien qui, passant la tête par la porte coulissante, tenait dans sa gueule un fémur humain.

FIN

LES ENQUÊTES DU BRIGADIER CHAULAIX

Par Gilles Pitoiset

UNE HISTOIRE MERDIQUE

I

Le brigadier Chaulaix avait beaucoup de mal à se remettre des derniers événements qui avaient bouleversés sa vie. Son histoire d'amour avec Myriam n'était plus qu'une plaie béante qui n'était pas prête à se refermer. Cette fin absurde et inattendue l'avait profondément marqué. Il se retrouvait à nouveau seul, enfin pas tout à fait, ce serait sans compter sur cette petite boule de poil de Django. L'animal avait pris du poids depuis et mangeait comme quatre. Benjamin avait, par la force des choses, institué une heure minimum de balade quotidienne ce qui finalement, les maintenaient en forme, lui et son chien. Une année avait passé depuis qu'il avait résolu, par inadvertance, il est vrai, l'affaire de la disparition de Raoul Champy. Cela lui avait valu des félicitations de la part de ses collègues de la brigade de gendarmerie de Beaune et inévitablement les quelques moqueries qui allaient avec. La routine avait repris le dessus et rien de bien passionnant n'occupait son esprit jusqu'à ce qu'un courrier étonnant arrive dans sa boîte aux lettres.

Le courrier à entête provenait de l'étude notariale de maître Geoffroy à Semur-en-Auxois. L'étude lui faisait savoir qu'après recherche généalogique, pour donner suite au décès d'un dénommé Lucien Collard, il avait été démontré que lui, Benjamin Chaulaix, était affilié, du côté de sa mère aux sus dit Lucien Collard, et que, par le fait, il devenait propriétaire par héritage d'une petite bâtisse situé dans le parc du Morvan et qu'il était prié de se faire connaître en prenant contact le plus rapidement possible avec l'étude de maître Geoffroy afin de finaliser l'acte. Rendez-vous fut fixé et Benjamin fit le déplacement.

Sa mère, dont le nom de jeune fille était effectivement Collard, était décédé depuis maintenant pratiquement deux ans et lui avait légué la petite maison où il avait grandi, en plein centre de Beaune. Il ne savait pas grand-chose sur l'origine de ses grands-parents maternels si ce n'est qu'ils étaient agriculteur dans la Nièvre et pas bien riche. Le grand-père consacrait ses matinées à sillonner le Morvan en vélo afin de distribuer le courrier ce qui, semblait-il, leurs permettaient de joindre les deux bouts. Ce Lucien Collard devait être un descendant du côté du frère du grand-père. Enfin bref, il était chanceux et très excité à l'idée de découvrir son héritage providentiel.

Tout, chez maître Geoffroy, le renvoyait aux souvenirs de son instituteur de primaire. Les odeurs, le mobilier, tout le replongeait des années en arrière. Même la secrétaire qui le reçut était en accord parfait avec son environnement. Avait-il été aspiré dans la quatrième dimension, absorbé par un trou dans l'espace-temps ? Mystère ? Il regarda à travers les carreaux de l'unique fenêtre de l'étude et vit passer un Espace Renault de dernière génération, ce qui le rassura et le ramena au présent. Les yeux noirs qui brillaient derrière les petites lunettes rondes posées sur un nez aquilin donnaient à maître Geoffroy un regard inquisiteur. Benjamin n'aurait su déterminer son âge, mais il paraissait évident que cet homme avait largement dépassé celui de la retraite. Après avoir été invité à s'asseoir, notre brigadier sentit son cœur s'emballer légèrement. Il écouta, sans oser l'interrompre, le long monologue du notaire qui semblait donner la messe. Sa voix grave poussait à l'endormissement, mais Benjamin restait concentré. Maître Geoffroy arriva enfin à l'essentiel. Il s'agissait d'une construction ancienne de cent soixante-dix mètres carrés dont trente pour cent était dédié à l'habitation et le restant à un usage agricole. Le lot, comprenant sept cent cinquante ares de terrain, était situé au lieu-dit Champcreux dans la Nièvre à quelques enjambées des limites de la Côte d'Or.

Après s'être acquitté des frais dus à sa nouvelle acquisition, Benjamin se vit remettre les actes notariés, les plans cadastraux ainsi que les clés de sa nouvelle propriété.

Son GPS lui indiqua qu'il était approximativement à quarante minutes du bonheur, alors il se mit en route accompagné de Django, tout content de retrouver son maître.

II

Champcreux s'avéra être un cul-de-sac. On ne passe pas à Champcreux, on va à Champcreux. D'après le cadastre, la parcelle en question était tout en haut du village, une impasse qui se terminait en sentier forestier. Django appréciait déjà le lieu sans savoir qu'il allait être son nouveau terrain de jeu. Après avoir dépassé une douzaine de maisons disséminées çà et là à flanc de coteaux, Benjamin arrêta son véhicule sur la dernière partie goudronnée, comme indiqué sur le plan, dos à la maison. Django sauta de la voiture et disparut à droite du bâtiment. Benjamin le suivit et s'immobilisa en se laissant emporter par l'émotion qui le submergeait. La bouche légèrement entrouverte, il contemplait la vue qui s'offrait à lui. Magique ! C'était comme si tout à coup, il prenait conscience de la vie qui l'entourait, de toute cette beauté contenue dans cette nature qu'il n'avait jamais vraiment ressentie. Quelque chose de profond venait subitement de changer en lui, il le sentait. Sa vision changeait, son odorat s'affinait, il planait au-dessus de cette vallée qu'il dominait du regard, avec un regard perçant qui distinguait le moindre petit mouvement. Il était un rapace qui suivait le lit de la rivière qui se dessinait en bas, à travers prés et forêts. Il survolait des arbres centenaires dont il percevait les odeurs délicates, dont il différenciait chaque nuance de vert qui colorait leurs feuillages. Il respirait enfin, libre et vivant, il était chez lui. Django le ramena sur terre en pesant de tout son poids sur sa poitrine, pattes tendues. Lui aussi était sous le charme et il le lui faisait savoir. Ils foulèrent les hautes herbes qui recouvraient le devant de la maison laissé à l'abandon, jusqu'à percuter une barrière en bois qui délimitait la viabilité d'un terrain qui partait en pente dangereuse. À droite, à quelques centaines de mètres, un piton rocheux surmonté d'une croix, dominait l'ensemble. Il se retourna et fit face à la bâtisse. Là encore, ce qu'il vit lui plut instantanément. Quelques ardoises à remplacer et la toiture tiendrait encore plusieurs décennies. Le bâtiment était en pierres granitiques apparentes jointées à l'arène. Un escalier de trois marches en pierres brutes desservait la partie habitable. Plus à droite, une grande porte arrondie, munie de deux battants taillés dans du chêne, desservait une grange. Une petite porte à hauteur d'homme était insérée dans le montant droit afin de pouvoir entrer sans avoir à ouvrir les deux énormes battants que l'on utilisait uniquement pour laisser pénétrer la lumière et les véhicules agricoles.

Benjamin glissa l'épaisse clés dans la serrure après avoir affronté les ronces et il gravit les trois marches. Elle n'était pas verrouillée ! Il poussa la porte en chêne lourd qui grinça sur ses gonds. Une odeur d'encens l'assaillit aussitôt. Il ouvrit d'abord les volets et les battants de la fenêtre qui éclairait la cuisine, laissant s'engouffrer l'air frais dans la pièce, la rendant plus respirable. Il repéra le compteur qui datait des années soixante, et releva le disjoncteur principal, mais rien ne se produisit. Tout semblait figé, laissant aux araignées et aux rongeurs le soin d'occuper l'espace à leur convenance. Une table, deux chaises, une pierre d'évier, un unique robinet d'eau froide et une cuisinière à bois au milieu de la pièce. Rien ne laissait penser qu'une vie s'était écoulée à cet endroit, pourtant, des pas semblaient avoir tracé un chemin sur les tomettes de la cuisine jusqu'à la pièce d'à côté. Ce qu'il vit dans l'autre pièce le laissa sans voix. Un lit propre était défait comme si quelqu'un l'avait quitté la veille. Un chandelier à trois branches, équipé de bougies consumées aux deux tiers, trônait sur un guéridon bancal où une grosse boîte d'allumettes défiait l'humidité ambiante. Certainement guidé par un instinct professionnel, notre brigadier se pencha sur les oreillers afin d'y renifler un quelconque effluve de je ne sais quoi. Une délicate odeur de chèvrefeuille caressa ses narines. De toute évidence, un parfum de femme, en tout cas, certainement pas celui de Lucien Collard. Incroyable ! Benjamin était sous le choc. Un tel parfum ne pouvait pas non plus provenir d'une vagabonde qui squattait l'endroit, non ! Il pensa plutôt à celui d'une femme donnant rendez-vous à son amant.

De retour à la cuisine, l'esprit encore bercé par des pensées volages, il aperçut par la fenêtre ouverte la fatidique petite cabane au fond du jardin qui elle, ne sentait pas vraiment le chèvrefeuille. Cette vision le ramena à la réalité, celle qui laissait entendre qu'il allait falloir relever les manches, car tout restait à faire.

C'est alors qu'il aperçut deux personnes, là-bas sur le piton rocheux. Un couple semblait-il, l'homme gesticulait beaucoup alors que la femme reculait dangereusement dos au gouffre. Benjamin s'approcha davantage du rebord de la fenêtre afin de mieux distinguer la scène qui se déroulait sous ses yeux. Contre toute attente l'homme se jeta les deux bras en avant sur la femme, qui, propulsée en arrière disparut dans le vide. Benjamin ne put retenir un cri d'effroi qui fit tourner la tête de l'individu dans sa direction avant qu'il opère un demi-tour et disparaisse à son tour. Tout était allé très vite. Benjamin sortit en sautant les marches et courut sur le sentier forestier qui, forcément allait le mener jusqu'au piton rocheux. Il lui fallut tout de même dix bonnes minutes pour arriver sur les lieux, précédé par Django qui voyait là une occasion de jeu. Il distingua, à quelques centaines de mètres à travers les arbres, une route forestière. Si le couple était venu en voiture, l'homme avait toutes les chances d'être hors de portée. Il reprit son souffle et s'aventura le plus près possible du ravin. Il vit, en se penchant dangereusement, le corps sans vie de la femme qui gisait en contre bas, la tête auréolée par une tache sombre qui semblait s'agrandir.

III

Jean-Michel Larcher était ce que l'on avait tendance à appeler un brave type. Premier adjoint de sa commune, il était sur tous les coups, toujours prêt à servir et à aider son prochain. Un type épatant disaient certains, une mouche du coche pour d'autres. Tout le monde sait bien que personne n'a jamais fait l'unanimité dans sa paroisse, c'est bien connu. Pourtant il se donnait corps et âme le bougre, toujours sur le terrain, répondant présent à la moindre sollicitation. Il avait besoin de cette reconnaissance Larcher. Il était important, pour lui, d'être parmi ceux qui comptent, ceux qui font les choses. Quatre-vingt-dix pour cent des gens déblatèrent sur ce qu'il faudrait faire, disait-il, ou sur ce qu'eux feraient si... si quoi d'ailleurs ? Il disait que seuls les dix pour cent restants faisaient ce qu'il fallait faire ou ne fallait pas faire, peu importe car quoi qu'il en soit, ils étaient dans l'action et eux seuls comptaient. Laisser dire et bien faire, voilà quelle était sa devise.

Certaines mauvaises langues laissaient entendre qu'il était loin d'en faire autant pour sa famille, et, qu'au lieu de courir les routes de la commune, il ferait bien mieux de regarder chez lui. Bien sûr, sa propriété était tirée à quatre épingles, tout à l'extérieur transpirait harmonie et bonheur familial. L'apparence n'a d'importance que si l'on y pense, et lui, Jean-Michel Larcher y pensait, il voulait être respectable. Pourtant, en grattant légèrement cette petite couche de vernis bien lisse, ce que l'on y trouvait était loin d'être ce que l'on s'attendait à y trouver. Fallait-il encore voir et comprendre ce que l'on y trouvait. Son épouse, fort jolie au demeurant, n'avait pas l'air de s'épanouir tant que cela et la jalousie maladive de son mari y était certainement pour beaucoup. Tout cela l'empêchait de s'investir dans d'autres activités que celles qui l'appelaient à rester à la maison. Bien sûr, elle participait à quelques associations communales, position sociale oblige, mais sans grande conviction. Quant à leurs enfants, les rumeurs ne les épargnaient guère. Leur fils de quinze ans était en internat dans un lycée technique à Dijon, ce qui limitait les conflits permanents avec son père, et leur fille âgée de vingt ans était partie vivre avec son copain loin de ce trou pourri comme elle disait, et cela depuis déjà deux bonnes années. Elle leurs donnait rarement des nouvelles, étant donné que sa vie ne les avait jamais vraiment intéressé, leur avait-elle jeté à la figure. Bref ! Tout n'était pas rose chez les Larcher, loin s'en fallait.

IV

Le brigadier Chaulaix avait appelé ses collègues de la gendarmerie de Montsauche-les-Settons afin de signaler ce qu'il qualifia d'homicide volontaire ayant entraîné une mort certaine. Deux gendarmes s'étaient présentés sur les lieux. L'affaire était sérieuse et il leurs fallait en référer à la brigade de recherche de Château-Chinon. Une enquête criminelle devait être ouverte. Dans l'attente, les deux gendarmes prirent la déposition de Benjamin, seul témoin de cette triste histoire. La scène de crime fut délimitée à l'aide de rubalise jaune et Benjamin fut prié de rester à leur disposition jusqu'à l'arrivée du capitaine Lavier de Château-Chinon. Il leur fit le récit de ce qu'il avait vu en expliquant le pourquoi de sa présence en ces lieux, et le fait qu'il ne pouvait en aucun cas reconnaître la victime. Étant de la maison poulagas, sa véracité ne fut pas mise en doute. Toutefois ils lui demandèrent de se concentrer sur la scène de crime et de revenir sur ce qui s'était passé juste avant que la jeune femme ne tombe en arrière en essayant de leur décrire tout ce qu'il pouvait se rappeler de l'individu recherché. Benjamin dut recommencer cet exercice en présence du capitaine Lavier. L'homme n'était pas venu seul, une équipe technique spécialisée dans les scènes de crimes l'accompagnait et s'était déjà mise au travail. Monsieur le maire était présent également ce qui permit d'identifier la victime. Il s'agissait d'une jeune femme de vingt-neuf ans qui travaillait depuis huit mois dans une ferme maraîchère du coin, Audrey Lequérec, née à Rennes en Île-et-Vilaine. Elle louait un petit appartement à Saulieu, une fille sans histoire, incompréhensible. Qui avait bien pu commettre une telle horreur et pourquoi ?

- Nous avons un témoin monsieur le maire, et tenez-vous bien, il s'agit d'un gendarme de la brigade de Beaune ! Il a pu nous faire une description précise de l'agresseur et il pense pouvoir le reconnaître si besoin. On va retrouver ce salopard croyez-moi monsieur le maire.

Le capitaine présenta le brigadier Chaulaix à monsieur le maire qui lui demanda.

- Est-il indiscret de vous demander ce que vous faisiez sur le terrain des Collard ?

- Eh bien figurez-vous, répondit Benjamin, que j'en suis le nouveau propriétaire. Je viens d'hériter de cette maison aujourd'hui même et j'étais curieux de découvrir les lieux.

Le maire acquiesça d'un hochement de tête et lui souhaita la bienvenue malgré les événements.

- Où pouvons-nous vous contacter brigadier ? interrogea le capitaine.

- Je pense rester ici à Champcreux et commencer quelques travaux. J'ai pris plusieurs jours de congés et mes valises sont dans le coffre de ma voiture voyez-vous !

Monsieur le maire lui proposa spontanément la location du petit studio meublé au-dessus de la mairie, le temps des travaux mais uniquement pour les deux mois d'été.

- C'est fort aimable monsieur le maire, mais j'ai apporté du matériel de camping et je ….

- Est-ce bien prudent brigadier ! coupa le capitaine. Le meurtrier pourrait bien revenir s'en prendre à vous. N'oubliez pas que vous êtes le seul témoin et qu'il ne doit pas se sentir tranquille.

- Eh bien qu'il se le tienne pour dit, les personnes de cet acabit ne me font pas peur, et Django est là pour veiller au grain. Maintenant, messieurs, si vous le permettez, je vais allez, de ce pas, planter la tente.

Le brigadier se gratta soudainement la tête et demanda au capitaine.

- Dites, j'y pense comme ça, votre victime là, ne sentirait-elle pas le chèvrefeuille ?

- Alors ça bon sang ! Comment savez-vous cela ?

- Eh bien suivez-moi capitaine, vous allez comprendre.

V

Décidément, tout partait à vau-l'eau depuis qu'il avait commis l'irréparable. Tout se mettait en travers de son chemin, tout le tirait vers le bas. À commencer par cet individu improbable qui l'avait vu pousser Audrey dans le vide. Un brigadier en plus, mais qu'est-ce qu'il foutait là celui-là, merde et remerde ! Il allait le démasquer c'était sûr et certain ! Ce n'était tout bonnement pas possible, hors de question, mais que pouvait-il faire ? Lui qui voulait être remarquable se retrouvait maintenant happé dans un cauchemar qui l'entraînait dans le puits sans fond des âmes perdues.

VI

L'autopsie avait déterminé que la jeune victime était enceinte de quelques semaines. Tout semblait indiquer que son amant, à qui elle donnait rendez-vous dans la chambre aménagée de la nouvelle propriété du brigadier Chaulaix, n'avait pas dû apprécier cette nouvelle à sa juste valeur. Le mobile était clair, restait à trouver l'individu. Des prélèvements ADN avaient été effectués sur l'embryon, mais cela restait très aléatoire. Cependant, les empreintes prélevées, autres que celles de la jeune femme, dans la chambre où elle retrouvait son amant, étaient très nettes. Malheureusement, aucune identification n'avait été obtenues après les avoir comparées au fichier des personnes à risque. L'étau se resserrait malgré tout et le coupable serait bientôt démasqué, personne n'en doutait.

Pendant ce temps, notre brigadier avait acheté une tondeuse autoportée et coupé l'herbe tout autour de la maison. Il avait planté son aire de campement au bord du terrain face au piton rocheux où s'était déroulée la tragédie une semaine auparavant. Il n'avait pas pu vider l'intérieure de la maison étant donné les événements, et il attendait le feu vert du capitaine Lavier. Benjamin avait donc focalisé son énergie sur l'extérieur et avait démonté le cabanon en bois au fond du jardin, laissant la fosse à ciel ouvert. Les aseptiseurs devaient passer le lendemain pour la vider. Il avait tout de même, par précaution, placé quatre bâtons afin de délimiter l'endroit avec de la ficelle. Il avait aussi fait appel aux services d'électricité afin de changer son vieux compteur et de remettre tout cela en service mais il devait attendre encore deux jours pour voir arriver les techniciens. Une lampe de poche lui permettait de patienter.

Django s'était familiarisé avec son nouvel environnement et partait faire quelques petites virées pas très loin, revenant toujours dans l'heure.

Quelques curieux montaient jusqu'en haut du village pour voir le nouveau et lui soutirer quelques informations que d'autres ne connaissaient pas encore. Les rumeurs allaient bon train dans le canton et le fait qu'il soit brigadier de gendarmerie lui évitait d'être le coupable idéal. Benjamin restait poli malgré l'agacement que certains lui causaient. Le maire lui avait fait savoir qu'il avait demandé à son premier adjoint, monsieur Larcher, de lui rendre visite afin de régler quelques documents administratifs. Le soir venu, le premier adjoint ne s'était toujours pas présenté.

VII

Jean-Michel Larcher ne savait plus quoi faire, son aventure avec la jeune Audrey avait tourné au cauchemar. Il avait vu rouge, un coup de sang, il n'avait pas réfléchi, comment pouvait-elle venir chambouler sa vie comme ça ! Mais qu'est-ce qu'elle croyait ? Qu'il allait tout foutre en l'air, reconnaître l'enfant et parader au milieu du village !! Non, mais ça ne va pas non ! Ben tiens et hop !! Trop tard ! Mais qu'est-ce qu'il lui a pris ? Bordel ! Mais qu'est-ce que j'ai fait ! Et l'autre là, qui me regarde putain, mais qu'est-ce que j'ai fait !!

Il tournait comme un lion en cage, l'escalade, il ne pouvait plus revenir en arrière et tout le poussait dans les bras de la seule personne qui pouvait le reconnaître. Et les empreintes ? Pourquoi personne n'était encore venu l'arrêter ? Ils avaient certainement relevé pleins d'empreintes dans la chambre, et les draps ? Merde ! Il était foutu c'était sûr ! Chaque heure qui passait était un calvaire et pourtant personne ne s'était encore présenté pour l'inculper ! Peut-être qu'ils n'avaient rien trouvé en fait, seul ce mec avec sa tente à la con pouvait le confondre. Finalement, il le balancerait bien aussi celui-là, il n'avait qu'à ne pas se trouver là, un point c'est tout ! Il n'y pouvait rien, tout cela n'était pas sa faute après tout !

VIII

En cette fin de mois de juillet, la fraîcheur tardait à s'installer, et la pâle lueur d'une lune gibbeuse inondait la forêt d'ombres inquiétantes. Des myriades d'étoiles scintillaient dans cette semi-obscurité qu'aucun réverbère ne venait déranger. Benjamin était fasciné, voir hypnotisé par l'immensité de cette voûte céleste.

Assis sur la barrière qui délimitait son terrain, face au piton rocheux qui le dominait, il ne pouvait apercevoir l'ombre funeste qui se glissait furtivement dans son dos, se déplaçant le long de la maison. Django était parti en balade et Larcher avait bien orchestré son sale coup. Il était encore loin du brigadier dont il distinguait la silhouette. L'échine parcourue de frissons, il remontait le long de la haie à gauche de la bâtisse, et il devait parcourir une centaine de mètres pour atteindre le campement et se faufiler derrière la tente. Il ne lui resterait plus qu'à courir de toutes ses jambes et pousser ce trublion qui, surpris, ne comprendrait même pas ce qui lui arrivait et en moins de temps qu'il ne faut pour le dire, il serait en bas au milieu des caillasses. Le silence était tel que le moindre faux pas donnerait l'alerte. Il frissonnait, mais il devait aller jusqu'au bout, jusqu'à l'enfer s'il le fallait.

Une étoile filante traversa le ciel de part en part et Benjamin eut une pensée pour cette jeune femme qui allait devenir mère, et dont la vie promettait d'être belle. À l'aide d'un couteau, il avait gravé le nom d'Audrey

Lequérec sur la croix en bois du piton. Alors il fit un vœu afin qu'elle repose en paix et que son assassin paye le prix fort.

Pendant qu'il parcourait la distance qui le séparait de la tente, Larcher se demandait s'il n'avait pas marché dans une merde de cette saleté de clébard, car une odeur pestilentielle lui montait aux narines. Attiré par une lueur dans le ciel, il leva la tête et se prit les pieds dans une ficelle tendue là comme un piège. Déséquilibré, il chuta la tête la première sur le rebord en béton de la fosse. Le choc fut rude. Assommé, son corps glissa lentement, tête en avant, dans ce qui devait résumer au mieux, ce qu'était devenu sa vie. Il s'étouffa sans pouvoir reprendre conscience.

Benjamin intrigué par des bruits dont il ne pouvait identifier l'origine, appela Django par réflexe. Comme par magie, celui-ci vint se caler contre son maître, complétant ainsi une silhouette digne d'une couverture d'un roman de Jack London.

Le lendemain, les lourds tuyaux du camion de vidange se bouchèrent à plusieurs reprises, pour finalement laisser apparaître le corps sans vie de celui qui fut le premier adjoint du canton, et dont le visage maculé semblait indiquer qu'il avait embrassé le cul d'Hadès.

FIN

LES ENQUÊTES DU BRIGADIER CHAULAIX

Par Gilles Pitoiset

LE VOLTIGEUR

I

Le brigadier Benjamin Chaulaix se félicitait d'avoir confié les travaux de sa maison de Champcreux à un dénommé Jean Fichot, artisan de son état. Cela faisait maintenant trois mois qu'il avait hérité de cette ancienne ferme au cœur du parc régional du Morvan, et Django, qui avait atteint sa taille adulte, connaissait tous les recoins des environs. Les habitants du hameau semblaient apprécier ce gros chien plutôt docile qui aimait les enfants et surtout, qui ne fouillait pas dans les poubelles. De plus, son maître était gendarme à la brigade de Beaune, alors ce chien avait forcément bonne éducation. Tout le village, et même bien au-delà, avait entendu parler du brigadier :

- « Vous savez, c'est chez lui que l'on a retrouvé le corps du premier adjoint ! Oui, au fond de sa fosse septique ! Quelle histoire ! »

Les rumeurs allaient bon train, même le journal télévisé en avait parlé !! C'était bien cet homme, élu municipal, qui avait tué sa maîtresse après l'avoir mise enceinte. Il l'avait poussée du haut d'une falaise. On ne parlait que de ça dans tout le canton. Tout de même, un meurtre, à Champcreux, vous vous rendez compte !! Et ce brigadier, qui à peine arrivé, démasque l'assassin !! Chacun en rajoutait et à les entendre, Benjamin Chaulaix était un sacré commissaire à qui rien ne résistait. On disait même qu'il avait résolu de nombreuses affaires. On lui prêtait toutes les vertus, sang-froid et courage peu ordinaire. Certains habitants grimpaient jusqu'en haut du village pour lui apporter tartes et bouteilles de vin pareilles à des offrandes. Bref, un héros habitait la commune.

Les travaux avaient bien avancé et Benjamin était enchanté de cet héritage tombé du ciel. Il voulait profiter de cette maison le plus rapidement possible mais il avait dû reprendre du service à la brigade de Beaune. Il n'allait alors pas avoir suffisamment de temps pour faire tous les travaux lui-même. Il s'était donc décidé à faire appel à des professionnels. La fameuse fosse septique avait été remplacée par une installation plus moderne pouvant recevoir toutes les eaux usées. Une salle de bain avait vu le jour ainsi qu'une cuisine aménagée, et un véritable cabinet d'aisance avait trouvé place à l'intérieur de l'habitation, rognant légèrement l'espace de la grange. L'électricité avait été entièrement refaite dans les règles de l'art. Benjamin allait enfin pouvoir profiter du confort de sa nouvelle acquisition en toute quiétude. Benjamin s'était alors réservé une petite semaine à Champcreux. À peine arrivé, Django avait sauté de la voiture pour aller faire son petit tour dans le village.

En ce début octobre, la nature commençait à prendre quelques couleurs automnales appuyées par un soleil plus doux. Cèpes et girolles poussaient à profusion. La vue panoramique dont bénéficiait la maison du « piton rocheux », comme on l'avait baptisé depuis l'affaire Lequerec-Larcher, n'avait pas d'équivalence. Malheureusement, depuis plusieurs jours, un avion effectuait des figures acrobatiques dans le ciel, ce qui provoquait un boucan insupportable. Cela dura du matin au soir trois jours de suite. Benjamin n'en pouvait plus, il n'était certainement pas le seul. C'était tout bonnement aliénant. Le quatrième jour, il se rendit à la mairie d'Alligny- en-Morvan, où le maire le reçut à bras ouverts.

- Ah brigadier ! Qu'est-ce qui vous amène ? Je vous en prie, venez donc jusqu'à mon bureau, nous y serons plus à l'aise. Et puis, il est temps que vous m'appeliez Jean non ? Qu'en pensez-vous ?

- Entendu Jean, alors ce sera Benjamin !

- Alors, ça avance les travaux là-haut ? J'ai entendu dire que l'Fichot l'avait terminé ?

- Euh oui, et il a fait du bon boulot, vous aviez raison monsieur le maire, euh pardon, Jean, c'est vraiment un très bon artisan.

- Bon, les gens ne vous embêtent pas trop avec cette histoire ?

- Ça va, j'en entends beaucoup plus que j'en ai fait mais bon !

- Ben moi, reprit le maire, j'ai beaucoup de peine pour la famille Larcher. Figurez-vous que sa veuve a été obligée de partir. La maison est en vente. Trop difficile pour elle de rester.

- Cela ne m'étonne pas. Elle a raison, le mieux pour elle, c'est de changer d'air. Les gens sont cruels parfois.

- Oh, à qui le dites-vous !! Alors, qu'est-ce qui vous amène Benjamin ?

- Oh, pas grand-chose, mais j'avoue que cela m'agace ! C'est quoi cet avion qui pétarade ? C'est insupportable !

- Ah, l'Italien ! Vous n'êtes pas le seul à vous en plaindre, d'ailleurs, plusieurs plaintes ont été déposées, vu le contexte écologique, le parc du Morvan… Mais l'aérodrome est à Saint-Martin, en Côte d'Or, il n'est pas sous ma responsabilité.

- Et il vient souvent comme ça ? Parce que, un avion qui passe, ce n'est pas mieux ni pire qu'un tracteur, mais un avion qui fait de la voltige, moteur à fond, ça rend fou !

- Oh, rassurez-vous Benjamin, il vient en tout et pour tout, deux à trois semaines par an ! C'est un champion qui vient s'entraîner !

- Tout de même !!

- Oh, et puis c'est un ami du milliardaire, alors intouchable le gars. Je ne suis pas sûr que les plaintes aboutissent !

- Bon eh bien, ce qui est sûr, conclut Benjamin, c'est que je vais choisir mes semaines de congés en fonction de son calendrier.

- Ben faites-moi savoir si vous en trouvez un ! ricana le maire.

II

Emilio Bianco, la quarantaine bien entamée, était dans son élément. Entre ciel et terre, la ligne d'horizon avait la courbure d'une orange. Actionnant délicatement le manche en arrière, agissant ainsi sur la gouverne en profondeur, situé à la queue de l'appareil, celui-ci se cabra à la verticale, propulsé par la poussée des gaz du moteur surpuissant de son Piper Aircraft. Après avoir vérifié son triangle en bout d'aile, garantissant une bonne verticale, il attaqua une belle boucle avec un déclenché une fois au sommet, pour finalement retrouver sa verticale en piqué et finir sa figure sur le ventre. Rien ne lui procurait autant de plaisir. Emilio adorait être niché dans ce fuselage comme moulé dans une seconde peau. Même les oiseaux ne pouvaient rivaliser.

Oui, il avait été champion d'Europe de voltige, bien avant Alexandre Orlowski. Maintenant il était instructeur et faisait passer le permis avion une ou deux fois par mois, souvent dans son pays, là-bas en Italie, et parfois quand l'occasion se présentait, à l'aérodrome de Saint-Martin-de-la-Mer où il venait s'entraîner en dehors de tout circuit professionnel. Son ami d'enfance, riche industriel, propriétaire d'un beau domaine à quelques kilomètres de la piste, avait toujours plaisir à le recevoir. Il y avait même, sa chambre à l'année. Son Piper Aircraft avait, lui aussi, son hangar personnel à l'année et Emilio Bianco contribuait largement à la survie de l'aéroclub.

Actionnant le palonnier, il mit l'avion en vol inversé avant d'attaquer une verticale en tirant sur le manche. Le Piper Aircraft réagit immédiatement en grimpant dans un bruit de moteur suralimenté. Arrivé en altitude, il prit quarante-cinq degrés et effectua une demi-rotation, puis réalisa cinq huitièmes de boucle pour revenir sur le ventre quand, soudain, Emilio se sentit mal, très mal. Un brouillard envahissait son cerveau et ses yeux se fermèrent sans qu'il puisse lutter. Le Piper Aircraft piqua du nez et parti en vrille. Emilio subit alors, une poussée de plus d'une dizaine de jets, soit plus de dix fois le poids de son corps. Un voile noir envahit sa vision et il perdit connaissance. L'avion continua sa chute descendante dans un bruit abominable, à la limite du supportable. Le Piper s'écrasa au sol dans une explosion assourdissante.

III

Avec ses vitres gravées, son comptoir d'époque et ses grands miroirs aux murs, le Café parisien de Saulieu, avait su garder le charme des années révolues. Avec ses deux siècles d'existence, il était classé « café historique d'Europe ». Benjamin venait souvent boire un petit café noir et discuter avec le patron qu'il affectionnait particulièrement. Beaucoup de monde s'agglutinait au bar en cette heure matinale, et le journal local passait de main en main. Le crash du voltigeur, comme on l'avait surnommé ici, était sur toutes les lèvres.

- Depuis le temps que ça devait arriver ! disait l'un.

- Ouais, ben ce n'est pas moi qui vais m'en plaindre, il commençait à nous courir sur la patate celui -là avec son coucou ! disait un autre.

- Quand même Lucien, personne ne lui souhaitait une fin comme celle-là ! continua le plus jeune.

Benjamin, comme beaucoup, avait vu et entendu l'avion piquer. Difficile de ne pas lever les yeux au ciel quand le bruit habituel devint un son strident et alarmant. Tout le monde avait au moins une fois pensé dans sa tête. « Allez plantes-toi une bonne fois pour toutes et fous-nous la paix, merde ! ». C'était humain après tout ! Mais maintenant que le crash était devenu une réalité, c'était difficile de l'avouer. Il demanda s'il pouvait prendre le journal posé sur le zinc.

- Ouais allez-y brigadier. Il y en a d'autre regardez ! Tout le monde l'achète aujourd'hui.

Le canard n'en racontait guère plus que ce que chacun connaissait déjà. Il le reposa sur le comptoir et recommanda un café.

- Et vous, brigadier, vous en pensez quoi d'cette histoire ? l'interpella le plus costaud dont les boutons de la chemise à carreaux semblaient vouloir casser les vitres.

- Que c'est tragique, même s'il nous cassait les oreilles, faut bien l'avouer.

- Ah ça, c'est bien vrai brigadier. Pour nous casser les oreilles, il nous les cassait les oreilles ! C'est'y pas honteux de cramer de la benzine comme ça au-dessus d'nos têtes alors que nous autres, on a du mal à joindre les deux bouts ? Trouvez-pas ?

- Ben disons qu'il ne faudrait pas tout mélanger non plus ! hasarda Benjamin.

- 'Tendez, reprit un grand maigre après avoir avalé son verre de vin blanc cul sec, si on faisait tous autant de boucan pour se déplacer, j'vous dis pas !

- Sauf le respect que je dois à un mort, continua-t-il en claquant son verre vide sur le zinc, y nous faisait chier, tiens ! Allez, mets-nous en deux autres Fernand ! Pis tiens, mets z'en donc un au brigadier, c'est moué qui rince.

- Non, non, c'est bien aimable mais je vais en rester au café, c'est très gentil.

- Bon ben mets-z-y donc un café alors Fernand, ne va pas refuser que je le lui offre tout de même ! se renfrogna l'bonhomme.

Le serveur, après avoir rempli les deux verres, déposa le café devant Benjamin, fuyant son regard. Notre brigadier envoya un signe de remerciement aux lascars accoudés au bar, espérant ainsi mettre un terme à la conversation.

Sur ces entrefaites, le maître des lieux arriva, serrant une demi-douzaine de paluches.

-Tiens, salut Benjamin, comment vas-tu ?

Ils se saluèrent et Max, le patron, s'installa sur le tabouret de bar à côté du brigadier.

- Alors, t'as vu le journal ?

- Mieux que cela, j'l'ai vu en direct depuis Champcreux.

- Ah ouais ! Terrible hein ?

- Punaise, l'avion a piqué du nez et on aurait dit qu'il ne cherchait même pas à se remettre sur le ventre ! Pas de flamme de moteur, rien, juste un bruit strident qui laissait entendre que quelque chose d'anormal était en train de se passer. Et puis boum, le choc ! Dur, indéfinissable, j'avais tous les poils hérissés et des frissons sur tout le corps. Terrifiant ! conclut Benjamin en posant sa tasse.

- On a tous entendu la déflagration, mais de là à penser que c'était le voltigeur ! Plutôt le mur du son, tu vois, ou un truc dans le genre !

- Ouais, ou l'Henri qu'en lâche une !! s'esclaffa un des soiffards.

- Subtil, murmura Max discrètement. Je t'en remets un p'tit ?

- Ah non merci Max, j'en ai déjà trop bu.

- Allez, un petit dernier pour m'accompagner !

- Bon, si tu insistes.

- Tu sais que, quand il vient à l'aérodrome, reprit Max en se levant du tabouret, il passe tous les matins à neuf heures pile boire un café !

- Sans blague ! répondit Benjamin qui n'osait pas parler trop fort de peur que les autres se mêlent à nouveau à la conversation.

Tout en manipulant la machine à café, Max lui lança un clin d'œil amusé et complice.

-Si si, comme je te le dis !

Puis il posa les deux cafés sur le comptoir et fit le tour pour s'installer sur son tabouret.

- Et pareil à treize heures, tous les jours, il vient manger, tiens à cette table là-bas, reprit-il en montrant du doigt, le fond de la salle, une salade composée, toujours la même d'ailleurs. Fernand lui prépare avant qu'il arrive, c'est couru d'avance !

- Enfin, venait ! rectifia Benjamin.

- Oui, c'est vrai t'as raison, venait... Fernand appelait son assiette « la soucoupe volante ». Ouais, c'est bien moche tout ça !

Ils finirent leur café dans un silence méditatif tandis que les trois compères quittèrent l'établissement, la mine bien rose.

IV

Sa femme pouvait pleurer en cachette et cacher ses yeux rouges sous des lunettes fumées, son amant était mort et il l'avait bien cherché. Chaque fois que l'Italien était dans les parages, Adeline était toute pimpante, comme si de rien n'était, mais il n'était pas dupe. Il en était arrivé à penser qu'elle le prenait vraiment pour un con ! Cela durait depuis bientôt deux ans, alors, un jour où le voltigeur était de retour dans la région, il avait quitté son service sans prévenir et avait guetté Adeline. Elle avait fini par enfourcher sa bicyclette et sortir du village pour emprunter la route du domaine du riche industriel. Il avait garé sa voiture à l'écart et finit le chemin à pied. Il avait découvert, derrière le grand mur d'enceinte qui ceinturait la propriété, une petite porte en chêne massif dissimulée par des taillis. Évidemment, un verrouillage électronique dont il ne connaissait pas le code, lui interdisait l'entrée.

-Merde, je n'y crois pas, mais qu'est-ce qu'elle vient foutre là ? s'était-il demandé ?

La deuxième fois où il l'avait piégé, il s'était muni d'une paire de jumelles très puissante, et s'était installé dans un noyer à plusieurs dizaines de mètres du mur d'enceinte. Il dominait toute la propriété et c'est là, qu'il les avait vus, enlacés, à travers la fenêtre du première étage. Le voltigeur, pensa-t-il ! Bordel, elle s'envoyait en l'air avec le voltigeur !

Il leur promit un atterrissage difficile.

V

Une semaine après avoir repris du service à la brigade de Beaune, Benjamin Chaulaix fut convoqué chez le commandant Bergen.

- Dites donc Chaulaix, commença celui-ci, ça ne vous dirait pas de retourner dans votre bled là ? Près de Saint-Martin, si j'ai bien compris ?

- Oui, c'est bien cela, enfin Champcreux, plus exactement, mais dites-m' en plus mon commandant, pourquoi ?

- Eh bien, on a reçu le rapport du légiste concernant Emilio Bianco, le « voltigeur » comme vous dites. Vu que vous êtes déjà intégré dans le décor, j'ai bien envie de vous confier l'affaire.

- Pourquoi commandant, il y aurait une affaire ?

- Et comment, d'après le rapport médico-légal demandé par les assurances Grimberg, voyez-vous ! Cela ressemble à un accident, mais voilà, il y a de fortes traces de bromure dans l'estomac du dit Emilio Bianco. Et ça, vous comprenez Chaulaix, ça change tout !

- Du bromure ! reprit le brigadier interloqué.

- Mais asseyez-vous Chaulaix, ne restez pas planté comme ça ! Tenez, je vous confie le rapport, et c'est à moi, uniquement à moi que vous rendrez des comptes, c'est bien compris Chaulaix ?

- Cinq sur cinq mon commandant.

- J'en ai informé votre capitaine, il n'y a pas de problèmes. Des questions?

- Euh, merci mon commandant, c'est officiel donc ?

- Oui, et je vous laisse gérer cela comme il vous convient. C'est le juge Farrel qui m'a confié le dossier. Si vous avez besoin de mandats ou de quoi que ce soit, vous passez par moi Chaulaix, c'est entendu ?

- C'est compris mon commandant.

- Allez, vous avez deux semaines pour me tirer cela au clair. Premier rapport dans trois jours. Si vous avez besoin d'une voiture de service, voyez avec Mongin. Bonne chance brigadier.

Benjamin sortit du bureau sans trop réaliser ce qui venait de lui tomber sur les épaules. D'abord, le commandant lui confiait une affaire et ça, c'était une première ! Ensuite, que la mort du voltigeur soit un assassinat, alors là !

Par quoi allait-il commencer ! Il ne put s'empêcher de penser à Django. Des deux, c'est lui qui allait être le plus heureux, à n'en pas douter.

VI

Adeline se morfondait. Elle l'avait aimé cet Emilio. Bien sûr, ils n'allaient pas changer leur vie comme ça, non ! Trop de bouleversements. Leur liaison secrète avait son charme et cela avait été très excitant. Se retrouver clandestinement dans cette chambre du premier étage était comme une récompense. Puis cette attente, ce désir qui montait, et ces lettres qu'elle recevait « à son attention » chez son amie Marie. Tout cela avait bien remplit ces deux dernières années. Adeline avait besoin d'en parler, et à qui mieux que Marie, sa complice de toujours, pouvait-elle se confier ?

Elle s'installa dans sa Mini et partit pour Champcreux où résidait Marie qui, pour donner suite à un divorce, avait plaqué la capitale avec sa petite fille, trouvé cette maison où elle avait pu continuer à écrire des livres pour enfants. Ses livres se vendaient bien et sa maison d'édition la soutenait depuis toujours. Caroline, sa fille, avait maintenant quatorze ans.

Tout était en pente à Champcreux et Adeline se gara le long du terrain qui longeait la maison de Marie en bas du village. Marie écossait des petits pois sur la terrasse et reconnu la voiture d'Adeline. Elle lui fit un signe de la main, alors que celle-ci descendait de voiture.

- Oh ! Adeline, je n'osais pas t'appeler, comment ça va ?

Adeline se jeta dans ses bras, libérant des sanglots qu'elle retenait depuis trop longtemps.

-Oh Marie ! C'est affreux, c'est affreux !

C'est à ce moment précis que Marie aperçut la voiture du brigadier Chaulaix qui passait devant chez elle. Elle ne l'avait pas encore rencontré, mais elle reconnut Django dont la tête dépassait de la vitre avant droite, les oreilles dans le vent.

- Viens, assieds-toi ma belle, tu veux un petit remontant ?

- Je veux bien répondit Adeline en essuyant ses yeux.

- Comme d'hab', un petit whisky-coca ?

- Mouais ! Marie revint avec un plateau garni de deux verres remplis de glaçons et de deux bouteilles. Elle fit le service. Adeline se détendait à mesure que son verre se vidait. Marie connaissait déjà tout ce qu'elle lui racontait, mais elle n'en laissa rien paraître et écoutait sans l'interrompre. Son mari lui faisait peur, disait-elle, et ça, c'était nouveau. De toute façon, continua-t-elle, il n'a plus jamais été le même après son opération. Nous n'avons pas eu de rapports sexuels depuis, tu te rends compte ? J'en pouvais plus moi, tu comprends ? Alors quand j'ai rencontré Emilio, ben, ça s'est fait tout seul.

Elle se demandait si son mari était au courant de sa liaison, et s'il faisait semblant de ne rien laisser paraître. Et puis cet accident ! Tout finissait par s'emmêler dans sa tête. Marie comprenait bien sûr. Elle comprenait d'autant mieux que les bras d'un homme lui manquaient terriblement. Elle n'avait pas eu la chance, elle, de rencontrer un bel Italien. Elle pensa au nouveau qui venait de s'installer dans le haut du village et elle vit là, comme une opportunité.

- Tu sais qu'un policier s'est installé ici et même qu'il a résolu le meurtre du piton rocheux ?

- Oui je le sais, qui n'est pas au courant !

- Et si on allait lui parler de tout ça ?

- Quoi, mais tu es folle !

- Pourquoi ? Il a certainement des informations sur l'accident et il peut nous apprendre des choses !

- Pour quoi faire ? Et qu'est-ce que tu veux que je lui dise ?

- Ecoute, laisse-moi faire d'accord ? Tu as confiance en moi ?

- Ben oui bien sûr, tu es ma meilleure amie tu le sais bien!

- Alors prenons la voiture et montons chez lui.

- Oh ben toi alors !

Quelques minutes plus tard, elles frappaient à la porte de Benjamin Chaulaix, ce qui fit aboyer Django.

La porte s'ouvrit et elles purent contempler le visage étonné du brigadier, ainsi que la tête de Django qui dépassait entre ses jambes.

- Mesdames !

- Bonjour, ou bonsoir plutôt. Excusez-nous de vous déranger, s'engagea Marie à qui Django faisait une lèche amicale.

- Ah, je vois que vous connaissez Django !

- J'habite en bas du village, il vient souvent me voir et il sait que je suis généreuse.

- Ah je vois, entrez je vous en prie, je viens d'arriver.

Elles ne se firent pas prier et entrèrent l'une derrière l'autre.

- En quoi puis-je vous aider ? demanda-t-il en les invitant à prendre une chaise autour de la table de la cuisine.

- Et bien voilà, se lança Marie toute contente de rencontrer Benjamin. Adeline était une amie très intime de monsieur Bianco et vous n'êtes pas sans savoir le drame qui nous touche ?

- Oui, effectivement, il est difficile de l'ignorer, je suis désolé, et donc ?

- Et donc, Emilio était un champion et cet accident est pour le moins incroyable. S'agit-il d'une défaillance technique ?

Benjamin était interloqué, que pouvait-il leur dire ? Il lui fallait pousser le bouchon un peu plus loin. Il était un peu déconcerté par cette jolie femme aux cheveux bruns frisés dont les grands yeux verts semblaient remplir tout l'espace. Quant à l'autre femme, elle paraissait éteinte et mal à l'aise. Il leur proposa une collation et elles acceptèrent. Il sortit une bouteille de porto du placard et trois verres. Ils trinquèrent et burent de concert. Ils parlèrent de choses et d'autres en faisant plus ample connaissance. Après plusieurs verres, Adeline devint intarissable. Elle raconta toute son histoire et Benjamin était aux anges. Lui qui ne savait pas par où commencer, il était servi.

- Si j'ai bien compris, questionna Benjamin, vous avez passé la soirée de la veille de l'accident avec lui ?

- Oui c'est cela.

- Et vous n'avez rien remarqué d'inhabituel ou de particulier ?

- Non, enfin si, mais c'est un peu délicat, répondit-elle en rougissant légèrement.

Le porto aidant, elle continua.

-Eh bien, habituellement voyez-vous, Emilio était plutôt, comment dire, du genre très viril, voilà ! Mais la dernière fois il n'a pas…euh…pour reprendre son expression, il n'avait pas du tout le contrôle du manche et on a dû rester cloué au sol. Voilà, je suis désolée, cela a été sa façon de tourner la situation en dérision, mais il en était très affecté, et ne semblait pas comprendre ce qu'il lui arrivait.

Adeline était rouge comme une pivoine alors que Benjamin et Marie se jetaient des regards complices espérant chacun, malgré la gêne, ne pas exploser de rire. C'est Marie qui ne put se contenir.

-Je suis désolée, vraiment je sais que ce n'est pas drôle mais….

Elle ria de plus belle, emmenant les deux autres avec elle dans un fou rire libérateur. Après plusieurs minutes, et un nouveau verre de porto, tous trois s'essuyèrent les yeux discrètement appréciant l'accalmie. Merci, je comprends que cela était un peu délicat de le raconter et je vous remercie de votre sincérité. Votre témoignage est très précieux, et il vous faudra certainement le conter à nouveau, mais de façon plus officielle cette fois. Car voyez-vous, ce que je me dois de vous dire est moins drôle je l'avoue et tout aussi difficile à dire. Alors je me lance et je vous demanderai de garder cette information secrète, cela se saura bien assez tôt.

Adeline et Marie se regardèrent surprises par ses propos qui, d'un coup, ne prêtait plus aux rires.

-Voilà, votre témoignage confirme que le crash de votre ami est loin d'être un accident. Nous avons prélevé de fortes doses de bromure dans son estomac, ce qui explique votre mésaventure et qui malheureusement laisse à penser que quelqu'un lui aurait administré le produit sans qu'il s'en aperçoive. Cette dose médicamenteuse a bien évidemment dû provoquer un malaise lors de ses acrobaties, je vous passe la suite…

L'ambiance était sérieusement descendue et les deux femmes avaient machinalement mis leurs mains à la bouche tentant ainsi de masquer leur stupéfaction.

VII

Il avait cherché sa femme un peu partout, parcourant tous les trajets qu'elle aurait pu emprunter. Puis il pensa à cette femme, Marie qui habitait Champcreux. Il fit le déplacement. En passant devant la maison il ne vit pas la Rover et ne s'arrêta pas. Il continua plus haut afin de faire demi-tour car il savait, comme tout un chacun, que cette route était un cul-de-sac. C'est alors qu'il repéra la voiture garée devant chez le brigadier. Le cœur haletant, il effectua une marche arrière et rangea son véhicule entre deux granges en contrebas. Il n'eut pas à attendre longtemps pour apercevoir Adeline sortir seule de la cour et monter dans son véhicule. Il la regarda passer, tout en contenant la colère qui montait en lui. Il démarra et la suivit de loin, sans se faire remarquer. Les pensées se bousculaient dans sa tête. Un amant ne lui suffisait donc pas, il lui en fallait plusieurs ? Il devait se maîtriser et garder son calme, elle ne perdait rien pour attendre, il lui ferait payer à elle aussi.

Marie était redescendue à pied un peu plus tard, accompagné de Benjamin. Adeline, bouleversée, était partie subitement, laissant son amie en tête à tête avec le brigadier. Celui-ci n'avait pu la laisser partir seule car la nuit tombait et ils commençaient à être un peu pompettes. Elle l'avait invité à entrer chez elle, mais il déclina, par principe. Elle n'insista pas et lui fit promettre de passer la voir bientôt.

VIII

Max avait invité Benjamin à déjeuner dans son établissement le Café parisien et ils s'étaient donné rendez-vous à treize heures précises. Une table avait été dressée à leur attention au fond de la salle. Le repas typiquement bourguignon fut excellent. Fernand leur apporta les cafés et Max lui remit une lettre.

- Au fait Fernand, il y avait cette lettre au courrier, elle t'est adressée, Fernand Giraudot Café parisien, Saulieu. Je l'ai depuis hier, ce n'est pas habituel et je n'ai pas fait gaffe !

- Humm grommela le serveur.

- Pas très aimable ton serveur dit donc !

- Ouais, ça dépend des jours, pis il a ses têtes aussi !

- Je dois comprendre qu'il ne m'aime pas trop, c'est ça ?

- Je ne sais pas, mais j'ai remarqué qu'il accusait le coup quand il t'a vu entrer. Tu sais les flics !...

- Cela dit, j'ai l'habitude.

Ils parlèrent travaux et cuisine, puis, Benjamin prit congés. Il avait bien mangé et s'inquiétait pour le repas du soir car Marie l'avait invité à dîner. Il devait au préalable, faire son rapport au commandant Bergen, et lui envoyer la déposition d'Adeline Giraudot.

Quand arriva l'heure de se rendre à l'invitation, Benjamin passa une veste et descendit à pied. Cette Marie lui plaisait beaucoup et il avait hâte de la retrouver. De son côté, Marie était aussi très excitée de recevoir un homme chez elle. Elle sursauta quand elle entendit la cloche résonner. Ils allaient se serrer la main quand Marie prit l'initiative de l'embrasser. Benjamin respira son parfum et le contact de ses cheveux sur ses joues lui plut. Ils burent d'abord l'apéritif puis du vin à table. Marie cuisinait à merveille et le repas fut délicieux. Elle l'invita ensuite à prendre un petit digestif sur le canapé du salon où ils s'installèrent l'un à côté de l'autre. L'alcool aidant, ils se rapprochèrent et s'embrassèrent passionnément. Une fois dévêtus, ils s'allongèrent l'un sur l'autre et Benjamin, malgré son excitation, ne put que constater que son manche ne répondait pas du tout à son désir et qu'ils allaient avoir bien du mal à grimper au septième ciel. Tous deux pensèrent au voltigeur et Marie souriante lui souffla : « Mayday, mayday, allo la tour de contrôle ! ».

- Tu crois que ce n'est pas une coïncidence ? lui demanda-t-il désarçonné.

- C'est un peu étrange non ? à moins que tu aies une autre explication ?

- Non, non, je t'assure, je suis vraiment confus, ce n'est pas le désir qui me fait défaut mais je sens bien que cette défaillance est tout sauf naturelle. Nom de Dieu, Giraudot ! Que je suis bête, Adeline est la femme de Fernand, le serveur du Parisien ?

- Ben oui… Pourquoi ? Oh mon Dieu ! Marie venait de comprendre à son tour.

FIN

Illustration : gilles Pitoiset

DU MÊME AUTEUR

L'histoire de Kabouli Pilao (2014)

La dame de carreau (2019)

Les enquêtes du brigadier Chaulaix
Tome 1,(2021)

Les enquêtes du brigadier Chaulaix
Tome 2 (2021)

Remerciements à Jean-Pascal Lamand ainsi qu'aux studios LA CHAUX 58230 qui m'ont permis de réaliser les enregistrements de la version audio.

Remerciements également à Lancelot Ferrand pour son aide précieuse, à Amélie Clément pour ses corrections, ainsi qu'à mon épouse Isabelle pour son travail et sa patience.